너의 잎새가 되고 싶다

# 너의 잎새가 되고 싶다

2023년 11월 10일 초판 1쇄 인쇄
2023년 11월 20일 초판 1쇄 발행

지은이 │ 황미광
펴낸이 │ 孫貞順

펴낸곳 │ 도서출판 작가
         (03756) 서울 서대문구 북아현로6길 50
         전화 │ 02)365-8111~2   팩스 │ 02)365-8110
         이메일 │ cultura@cultura.co.kr
         홈페이지 │ www.cultura.co.kr
         등록번호 │ 제13-630호(2000. 2. 9.)

편집 │ 손희 김치성 설재원
디자인 │ 오경은 박근영
영업 │ 박영민
관리 │ 이용승

ISBN  979-11-90566-66-7 (03810)

값 15,000원

한국디카시 대표시선

8

황미광 디카시집

너의 잎새가 되고 싶다

작가

■ 시인의 말

시간과 공간, 자연과 사람,

그리고 너와 내가

디카시에 담겨 맑아진다


시 삼백詩 三百이 사무사思無邪 라는

공자님 말씀이 불현 가깝다


2023년 11월

황미광

## 제2부 해는 져서 어두운데

## 제3부 다시 못 들을 이야기

## 제4부 높은 기도

제1부

너의 잎새가 되고 싶다

# 초대

빈 자리는 그리움

빈 그릇은 설렘

빈 마음으로 오면 좋겠네

부부

그 얼굴이 그 얼굴이고

그 모습이 그 모습인데

그 중에  너만 보였네

# 사랑의 본질

참고 기다려

온 몸을 뚫고 가지를 뻗으려면


아픈 자국마다

사랑이 돋아날 거야

# 해처럼

잘 산다는 것은

사방이 나와 같은 색이 되는 거지

모두가 나를 닮고 싶어하는 거지

# 관계

둥글어질 때까지
서로 비비며 왔다

작아지고 쪼개지고
닮은 꼴이 될 때까지

# 연인

너무 멀리 왔나

집이 안 보여


괜찮아

둘만 있으면 돼

# 립스틱 짙게 바르고

산과 바다도

돌과 바람도 다 사랑해


이 정도 빨간색은 발라야지

늘

늘 그 자리에 있다가

늘 그 자리에 있을 줄 알았다가

문득 없어진 사람


이제

늘 생각이 나겠지

# 공항에서

한 사람이 떠났는데

나머지 사람들은

모두

그림이 되었다

# 있을 때 잘해

우리가 금이 간 후

계속 온몸에 물이 샌다

너 아프니?

나도 아프다.

# 이사

내 인생의 짐도 훌렁 들어 올려

그 다음 생에 내려 놓을 때는

아주 가볍게

아주 조금만

# 가족

오지 못한 자리에

따뜻한 밥 그릇, 매일 오른다

어디서건  챙겨 드세요

# 긴 키스

너를 찾으러

온 세상을 뒤졌다


눈뜨지 마

# 어머니

이렇게 등이 굽고

이렇게 가슴 무너져도

너희들만 잘 된다면.

하물며

모두가 고개 숙여 내 앞길만 챙길 때

누군가는 꼿꼿이 가족을 지킨다

하물며 사람이야…

# 빨간 장미

사랑해

고마워

미안해


가시는 숨었다

너의 잎새가 되고 싶다

누가

매달아 놓았나


나도 너의

마지막 잎새*가 되고 싶다

제2부

해는 져서 어두운데

# 빈 의자

고맙다는 말만 기억하던 아버지

저 창가에 앉아 살아온 시간만큼

오래오래 고마워하다

가볍게 떠나셨다

# 전생

소리를 낼 수가 없어요

볼 수도 없어요

그러나 당신이 온 걸 알아요

천만년을 기다렸어요

# 회귀 본능

우린 원래

기어다녔거나

날아다녔나 봐


옛날이 그리워

온 몸이 근질거려

# 노년

굵은 혈관들이
몸 밖으로 올라온다

숨기고 싶은 것도
다 보여주고
떠나는 길

# 한가족

폭포라고 갈라져야 하나

우린 끝까지 함께 간다


손 꼭 잡아!

# 사춘기

여기 갇혀 있기엔

하늘이 너무 푸르잖아

# 고백

이제 겨우 둘만 남았네

벌써 말하고 싶었어

난 네가 좋아

나 좀 쳐다봐

# 결혼식

그날 이후

아주 다른

흑과 백은

부부가

되었습니다

# 언덕 위의 빨간 집

하늘과 땅 사이에

집 하나 지어놓고


올라가면 못 내려오고

내려오면 못 올라가네

해는 져서 어두운데

공을 잃었다

이름까지 써 두었는데


어둡고 추운 골프장에

작은 너를 두고 간다


미안해

# 바다 오르간

사랑 이상의 사랑으로 사랑을 하고 싶은*

사람들이 크로아티아 자다르에 모인다


바다가 알려준다

바다만큼 깊어지고

바다만큼 넓어지렴


*에드거 앨런 포, 〈애너벨 리〉에서 인용
※바다 오르간 : 크로라티아 자다르의 바다에 설치된 35개의 파이프에
  파도와 바람이 통과하며 24시간 고래울음 같은 바다소리를 듣게 하
  는 곳.

# 묵언 수행

이제 침묵

마스크의 나라 말은

통역도 안돼


그냥 눈으로만 안녕

# 스마트 시대

얼굴 안 보는 대화

책임 안 지는 약속

시간은 아무때나


밥이나 한번 먹자

# 쉼터

잠시 머무는 곳이야

너무 매달리지 마

오래 있으면 떠나기가 어려워

# 자녀 교육

내 속을 다 비우고
너를 키웠어

# 활화산

불처럼 살고 싶다는

생각이 잘못 된 거였어


뜨거워서

다가갈 수가 없었어

# 불신

보호색이라서 앉았는데

함정인 듯 불안하다

믿어도 될까

여행

기척이 없다

신발은 벗어두고

먼 길 떠났나 보다.

제3부

다시 못 들을 이야기

# 다시 못 들을 이야기

친정 엄마 가시고

백년 된 장독들 함께 사라졌다


장독 속에 담긴

햇볕 못 본 이야기도

그대로 덮어졌다

# 고향의 봄

딸기 한 알이 라면 한 개다

한국의 봄이 여기까지 왔는데

덥석 집는다

# 타향살이

물설고 낯설은 곳에서도

하기 나름이더라


한 송이를 피웠으니

꽃밭인들 못 만들까

# 의기투합

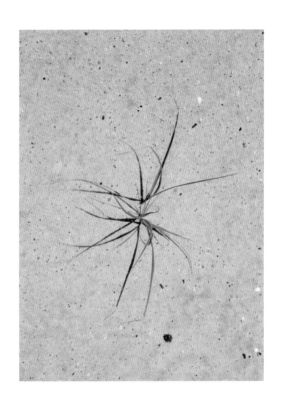

용기가 가상하다

마음만 맞으면

못할 일이 뭐 있으랴


자자손손 뿌리내려

여기서 살아 볼게

# 불공평

작아서 햇볕을 덜 받던가

햇볕을 덜 받아 작던가

어느 쪽이건

네 탓은 아니다

# 태극기 휘날리며

대성동 마을

99.8m 높이의 태극기는

바람이 흔들지 못한다


꺼지지 않는 희망이기 때문이다

# 아, 대한민국 1

들리지 않는가
떨리는 목소리

보이지 않는가
뜨거운 눈시울

우린 늘 그랬다

# 아, 대한민국 2

광복을 위해 숨어다녔고
한국전쟁에 다리를 잃었다
태극기 한 장이면 족한 것을
너무 멀리 다녀간다

# 미스터 선샤인

눈내린 삼일절에

100년 만에 돌아가는

애국열사를 배웅하러 모였다


대한독립만세는

어디서나 유효하다


* 미스터 션샤인, 1923년 뉴욕에서 타계한 독립투사 황기환의 일대기
  를 드라마화한 제목.
  2023년 4월, 순국 100년만에 한국으로 봉환됐다.

# 안전지대

텃세가 심해

여기까지 왔네

이제 아무도 쫓지 않겠지

# 손에 손잡고

서로 손잡고

시냇물도 건넜고

풍랑도 헤쳐왔지


덕분이야

고마워

# 독립기념일

오늘밤 맨해튼은 내가 접수


불꽃이 터지는 곳마다
풍선 하나씩 묶었다


내일 아침이면
허공에 둥둥

# 잠시 쉬어

팔 아프다

잠시 쉬어

오늘도 전쟁 중이야

# 인생 역전

살아 생전 한 점의 작품을 못 팔아도

세상 가장 비싼 화가가 됐어


너도 할 수 있어

너를 보고 있잖아

# 잃어버린 귀

고흐를 만나면

나도 그림이 된다


그 속엔

내가 잃어버린 귀도 있다

실종 신고는 무효다

제4부

높은 기도

# 그날, 그 자리

새창으로 읽기

땅은 아직 비어 있었는데
어둠이 심연을 덮고
영이 그 물 위를 감돌고 있었다*

그날,
그 자리로 돌아간 듯하였다

* 천지창조 1장 2절에서

# 에덴의 동산

물이 맑으면 고기가 못 살아

숨을 데가 없거든


에덴의 동산에서도

다 들켰잖아

# 높은 기도

여기가 엉엉 울며 기도하기 딱 좋아

오래된 눈물 다 쏟아내고

묵은 때 말끔히 씻고 나면

머리 위 하늘 문이 열릴지도 몰라

# 성지 순례

떨리는 손으로

조심조심 길어올린 기도

함부로 건드릴 수 없는

조용한 기도

곳곳이 성지 순례다

# 와인 한 잔

하늘 결 곱게

와인 한 잔 내려온다

바위를 타고

내 목을 적신다


이는 내 피다*


* 요한복음 6장

# 우문현답

하늘 아래 가장 높은 묘지는

천국이 가까울까


그럼

여기가 천국이야

나는

저 무리들을 두고

길 잃은 한 마리를

찾으러 갈 수 있을까

# 여기까지

하얀 좁은 문으로

들어가 보고 싶은데

네가 신기루처럼

녹아버릴까 봐

여기서 멈출게

# 잘못했어요

이 무거운 것도 모자라

물벼락이라니…


사진은 남기지 마

# 용서

오늘 있었던 일  잊어버려

내일은 새 날이야

저렇게 다 태워버리잖아

# 귀천

속절없이 누워버렸다

한 생애를 버텨온 모든 것들이

잠시 바닥에서 아우성쳤다


나도 처음 보는 나였다

# 평등

살아온 시간은 두고 와

여긴 다른 나라야

아주 공정해

비석의 높이도 똑 같아

# 빈손

화난 일은 눈 속에

걱정은 물속에 흘려 보내는

지구의 한쪽 끝


다 놓고

빈손으로 가세요

# 불효

아버님이 세운 학교

살아생전 함께 못 와보고

내 나이 단풍들 때

홀로 찾아왔네

# 정성으로

한 그루 곧은 나무도

사방에서 받들어야 하는데

사람이야 오죽

# 세대교체

우리 다 한 번씩 해 본 거야

되풀이 되는 일이라서

아름다운 거야


계속 누군가 저기에 서 있을 거야

# 선물

불쑥 나타난

바닷가 무인서재처럼

산다는 것은 축복


내 발길을 잡았다면

그게 선물이다

# 순간 포착과 촌철살인의 시 세계

— 황미광 디카시집 『너의 잎새가 되고 싶다』

김종회(문학평론가, 한국디카시인협회 회장)

## 1. 그가 동쪽으로 간 까닭

황미광은 세계 최대의 도시 뉴욕에 살며 시를 쓰고 디카시를 쓴다. 그의 시집 『지금 나는 마취 중이다』와 이번의 디카시집 『너의 잎새가 되고 싶다』가 그 시 쓰기의 행적을 반영한 결과다. 그는 미동부한인문인협회 회장을 비롯한 여러 문학 및 사회단체의 대표를 역임했고, 뉴욕시립 퀸즈칼리지 교수를 비롯한 여러 공직을 맡아 일했다. 이러한 공적을 인정받아 2018년 대한민국 국민포장을 받기도 했다. 이 바쁜 와중에도 그의 문필활동은 영일이 없었고, 또 그러한 열정과 성취는 미주 이민 사회 문단에 활력소가 되었다. 미상불 한국계 미국인으로 먼 나라에서 분주한 일상을 꾸려가며, 모국어로 창작을 게을리하지 않은 습성은 높이 상찬賞讚할 만하다.

황미광은 경북 대구 출생이며 서울에서 학부를 마치고, 중국 대륙으로 가는 길이 막혀 있던 시절에 국립대만사범대학교로 유학을 갔다. 그런 연유로 그는 우리말과 중국어 그리고 영어까지 3개 국어에 능통한 언어 실력을 가졌다. 그는 평가와 판단이 빠르고 어떤 일에 대해서든 순발력과 정확성을 자랑할 수 있는 사람이다. 마침내 그가 가족과 함께 미국으로, 동쪽으로 떠난 까닭은 이 땅이 그의 활동 범주로는 너무 협소했기 때문인지도 모른다. 그는 한문을 위시한 동양의 고전 문헌에 조예가 깊고, 이를 속도감 있게 분석하고 요약해서 설명하는 데 능하다. 이와 같은 면모는 그가 천생의 디카시인이라는 속성을 유감없이 뒷받침한다.

## 2. 다층적 관계성의 조명

이 디카시집의 제1부 〈너의 잎새가 되고 싶다〉는 우리가 더불어 살아가는 우주 자연과 삼라만상의 여러 생명체·사물·풍경들과의 관계성 문제에 초점이 가 있다. 당연히 사람과의 관계에 있어서도 그렇다. 빈 그릇을 깔아둔 식탁의 사진에 '초대'라는 제목을 붙이고, 시인은 '빈 자리는 그리움, 빈 그릇은 설렘' 이니 '빈 마음으로' 오라고 초대한다. 이렇게 빈 자리, 빈 곳을 보는 눈은 웅숭깊고 입체적이다. 앞뒤로 함께 걷고 있는 새 두 마리에 '연인'이란 제목을 붙이고, 시인은 '둘만 있으면' 된다는 만고불변 사랑의 법칙을 현시顯示한다. 분수대의 하트 모형에 금이 간 모습에서 '있을 때 잘해'를 유추하는 솜씨는 매우 '신박'하다.

부부

그 얼굴이 그 얼굴이고
그 모습이 그 모습인데
그 중에 너만 보였네

'부부'라는 제목이 부여된 이 시의 피사체는 함께 선 펭귄 두 마리다. 어쩌면 이들은 저 물가에 모여 있는 동료들을 향해 걷고 있는지도 모른다. 이들이 과연 부부일까? 그 실상은 그다지 중요하지 않다. 시인의 관찰력으로 나란히 이동하는 이 둘이 부부라면 부부다. 렌즈의 눈이 향하는 방향에 있는 그 대상으로 하여금 부부라는 친애와 동역의 이미지를 걷어 올릴 수 있다면, 시인의 주장은 언제나 옳다. 다른 의견이 있을 수 있을까. 있어도 좋고 그 다른 의견도 설득력을 가질 수 있다. 시는, 문학의 의미 부여는 이렇게 네카의 입방체를 보듯이 여러 방향에서의 관점을 수립할 수 있는 것이 아니던가. 이를 문예 용어로 애매성 또는 애매모호성Ambiguity이라 한다.

인디언 핑크의 바위산을 시야 건너편에 두었다. 그 바위의 맨 앞에 선 돌출 부분은 어느 모로 보나 사람의 형용을 하고 있다. 종교적인 관점으로는 광야를 내다보는 구세주일 수도 있고, 모정母情을 그리는 아들은 언제 어디서나 잊지 못할 어머니의 모습이라고 할 수도 있겠다. 그런데 시인은 이러한 일반적인 사고 패턴을 훌쩍 뛰어넘었다. '늘 그 자리'를 지킬 줄 알았는데 '문득

늘

늘 그 자리에 있다가
늘 그 자리에 있을 줄 알았다가
문득 없어진 사람

이제
늘 생각이 나겠지

없어진 사람'이라는 것이다. 그 사람의 정체가 무엇인지 우리는
묻지 못한다. 어쩌면 시인 자신에게도 그 답이 없을 수도 있다.
다만 '이제 늘 생각이 나겠지'라는 미래적 표현을 가져옴으로
써, 이 모든 정체성의 범주를 확산하고 추상화한다. 그만큼 시
적 의미망이 넓어지는 것이다.

### 3. 삶의 굴곡과 깊은 심연

제2부 〈해는 저서 어두운데〉에 수록된 시들은, 제목의 워딩
그대로 신산辛酸한 우리 삶의 여러 풍광을 포착하고 그 배면에
숨은 뜻을 유추하는 시적 패턴을 보여준다. 예컨대 2부 첫머리
의 시 「빈 의자」는, 시의 문면文面을 보면 이제 떠나고 없는 아버
지의 의자다. '오래오래 고마워하다 가볍게 떠난' 아버지다. 이
몇 줄의 행간에 숨은 말이 얼마나 많을까. 「해는 저서 어두운데」
또한 그렇다. 골프장에서 잃은 공을 두고 가면서, 모든 두고 가
는 것들을 가슴 아파하는 우리 삶의 깊은 질곡을 매설했다. 「스
마트 시대」에서 타자와의 단절, 「불신」에서 새의 불안감 등이
모두 그와 같은 심연을 펼쳐 보인다.

한가족

폭포라고 갈라져야 하나
우린 끝까지 함께 간다

손 꼭 잡아!

'한가족'이란 제목의 이 시는 폭포 직하直下의 안쪽에서 폭포
의 등을 보며 포착한 영상이다. 그리고 거기에 그와 같은 제목
을 달았다. 그렇다면 이때의 가족 구성원은 누구란 말인가. 하
나하나의 물방울들이요 그것이 생산하는 포말泡沫들이다. 이 자
연 현상에 가족이라는 개념을 덧붙인 것은 이들이 서로 헤어져
분산하지 않고 하나로 모이는 원래의 속성 때문이다. 이들은 시
내와 강을 거쳐 종국에는 바다로 간다. 결국 작은 물방울들이
모여 마침내 대해大海를 이룬다. 시인은 '우린 끝까지 함께' 갈
테니 손을 꼭 잡으라고 다짐한다. 우리 인생사를 물에 비유한
하고 많은 구절들 가운데, 문득 『장자』의 한 대목이 떠오른다.
바다가 수천 갈래 시내와 강의 복종을 받는 것은 낮은 자리에
있기 때문이다! 시인은 이 단정하고 힘찬 폭포에 물의 미덕을
담았다.
'묵언 수행'은 불가의 오랜 수도 방식이다. 곧 아무런 말도 하
지 않고 하는 참선으로, 말을 함으로써 짓는 온갖 죄업을 짓지
않고 스스로의 마음을 정화시키는 데 목적이 있다. 그런데 이

묵언 수행

이제 침묵
마스크의 나라 말은
통역도 안돼

그냥 눈으로만 안녕

시의 사진은 그 묵언의 분위기와는 다르게 사뭇 복잡다단하고 다채롭다. 이 서로 상반된 방향성을 단번에 해결하는 묘책은, 사진이 실상이 마스크라는 데 있다. 아하! 그렇다. 그러하지 않고서는 이 자리에 그 수행의 방식을 운위云爲할 수 없는 것이다. 입을 막고 또 말을 막는 것이 오히려 그 내면의 차원에서는 더 많은 말을 풀어둘 수 있다는, 현실법칙을 넘어서는 시의 진실법칙이 이 한 장면에 충일하다.

## 4. 다시 보는 추억의 경물

이 시집의 제3부에서 유독 시인은 이제는 옛날이 된 기억의 언저리를 배회한다. 그리고 그것이 그가 태를 묻은 한국이나 현실적인 삶을 꾸려가고 있는 미국을 막론하고 두루 통용되는 시작詩作의 형용이다. 그러기에 '딸기 한 알'에서 '고향의 봄'을 보고 이를 '덥썩 집는다.' 푸른 하늘에 게양된 태극기, 행사장이나 연주회장의 배경이 된 태극기, 운구되는 관을 넓은 태극기는 모두 시인의 조국 체험을 절실하게 반영한다. 그런가 하면 미국의 독립기념일 불꽃놀이나 자유의 여신상 야경은 두 번째 조국에 대한 기림을 발양한다. 이 모두 지나간 날들이 지금 여기에 잇

대어져, 과거와 현재를 연계하는 삶의 형식이 되고 있음을 말한다. 이 도식 위에 고흐를 가져다 두면, 불행했던 당대와 그로부터 천양지차의 평가를 보이는 현세를 동시에 견주어 보게 된다. 그러할 때 고흐는 표현하기 어려울 만큼 값있는 화가다.

다시 못 들을 이야기

친정 엄마 가시고
백년된 장독들 함께 사라졌다

장독 속에 담긴
햇볕 못 본 이야기도
그대로 덮여졌다

　이 시는 평범한 시골 마을 장독대의 모습을 가져오고, 거기에 '백년된 장독들'이란 호명을 부여했다. 과연 이 장독들이 백년의 세월을 지나왔을까. 그러나 이 질문은 이 대목에서 무용無用하다. 바로 그 앞 구절에 '친정 어머니 가시고'가 있기 때문이다. 이 대체할 길 없는 우주 최강의 존재로 인하여 그 백년은 천년이 될 수도 있다. 이것이 사진과 함께 나선 글의 힘이다. 어머니와 함께 장독들이 사라지고, '장독 속에 담긴 햇볕 못 본 이야기'도 그대로 덮여졌다고 하지 않는가. 누구나 잊지 못하는 고향 땅에서 이만큼의 레토릭이면, 그것은 많은 세월이 지나지 않아도 전설이 된다. 다만 왜 이 사진을 경사의 각도로 찍었는지는 여러모로 살펴보아도 잘 모를 일이다.

타향살이

물설고 낯설은 곳에서도
하기 나름이더라

한 송이를 피웠으니
꽃밭인들 못 만들까

　어느 바닷가에 핀 해당화 한 송이일까. 밝은 햇빛 아래 고요
하고 고즈넉하다. 어느 정도 연륜을 가진 한국인이면 해당화라
는 꽃 이름에서 쉽게 명사십리를 떠올리고 더 나아가 '섬마을의
총각 선생님'도 생각해낸다. 그런데 시인은 이 흰 모래사장 해
변의 한 떨기 해당화에 '물설고 낯설은 곳'에서 고투하듯 살아
온 자신의 이주移住 역사를 이입하고 있다. 그 이역만리에서의
삶도 '하기 나름'이었던 경험을 반추해 보면서 '한 송이를 피웠
으니 꽃밭인들 못 만들까'라는 의욕을 제시한다. 기실 이러한
긍정적 의지가 성취를 부르고 궁극에 있어서는 역사를 만드는
것이 아닐까. 여기에 한 알의 모래에서 세계를 보고 한 송이 들
꽃에서 천국을 본, 윌리엄 블레이크의 강화되고 확장된 상상력
이 작동하고 있다.

## 5. 울타리 너머의 새 세계

　시인은 끊임없이 새로운 세계를 향해 진보하고 승급하기를
소망한다. 디카시인이 포착하는 사진 또한 그렇다. 이 시집 제4
부의 사진과 시가 그와 같은 정조情調를 지속적으로 환기하고
있다. 「그날, 그 자리」를 비롯하여 유달리 종교적 성향이 드러나

는 디카시가 자주 보이는 것도 그와 같은 이유에서다. 그러기에 성당의 첨탑 곁 자리에 높이 서 있는 성자의 조각상이 '높은 기도'를 드리고 있다고 보는 것이다. 「성지 순례」나 「우문현답」 같은 시편들이 한결같이 현실적 울타리 너머의 세계, 피안彼岸의 세계를 상정하고 그 의미를 탐색하는 것은 시인의 정신적 지향점에 대한 표현이기도 하다. 이러한 정황은 시의 제목으로 주어진 용서, 평등, 빈 손 등 동양문화권에서 익숙한 정신주의적 용어와도 상호 소통한다.

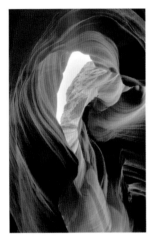

와인 한 잔


하늘 결 곱게
와인 한 잔 내려온다
바위를 타고
내 목을 적신다

이는 내 피다

아마도 미국 애리조나주에 있는 엔텔롭 캐넌의 동굴 속에서 촬영한 사진이 아닐까 싶다. 형형색색의 빛깔을 자랑하는 그 지형이 디카시인의 눈에는 보화와 다를 바 없을 것이다. 시인은 이 태깔 고운 바위의 결을, 하늘 결 타고 곱게 내려온 '와인 한 잔'으로 명명한다. 바위를 타고 내 목을 적시는 순간, 요한복음 6장의 '이는 내 피다'라는 성경 구절을 소환한다. 하늘과 바위와 동굴 그리고 그 결을 관통하는 빛의 임재를 감각하면서, 가장 고귀한 종교적 희생의 원리를 수긍할 수 있다면 이 시인이야말로 행복한 사람이다. 그러기에 이러한 시는 어떤 장문의 신앙고백보다도 힘이 있다. 가장 소중한 것은 언제나 우리 삶의 현장에서 멀리 떨어져 있지 않다.

여기까지

하얀 좁은 문으로
들어가 보고 싶은데
네가 신기루처럼
녹아버릴까 봐
여기서 멈출게

짐작컨대 북극의 빙하가 아닐까. 이곳으로 여행하고 그 행중行中과 더불어 이 광경을 보고 디카시를 남길 수 있었다면, 누구나 할 수 없는 특이한 체험의 기회다. 비단 이곳뿐일까. 우리가 사는 세계 처처에, 그 범주 너머를 상징하는 신비한 곡절이 숨어있지 않겠는가. 시인은 '하얀 좁은 문' 속으로 들어가 보고 싶으나, 여기서 멈추겠다고 한다. 시어詩語로서도 삶의 태도로서도 바람직한 금도襟度다. 디카시는 이렇게 좋은 영상과 좋은 시가 조화롭게 만남으로써 한 편의 좋은 작품을 완성한다. 이 시집을 채우고 있는 황미광의 시들이 우리에게 건네는 악수는, 그의 시와 더불어 우리가 행복한 독자가 되기를 권유한다. 그런만큼 앞으로도 그가 더 수발秀拔한 디카시의 세계를 형성해 나갈 것으로 믿어 마지않는다.